ALFAGUARA

INFANTIL Y JUVENIL

ALFAGUARA

INFANTIL Y JUVENIL

© 2004, Isabel Freire de Matos

Ilustraciones de Sofía Sáez Matos

© De esta edición:
2004 – Ediciones Santillana, Inc.
avda. Roosevelt 1506
Guaynabo, Puerto Rico 00968

Impreso en Venezuela
por Lithomundo S.A.
ISBN: 1-57581-574-5

Editora: Neeltje van Marissing Méndez

Una editorial del grupo Santillana que edita en:
España • Argentina • Bolivia • Brasil • Colombia
Costa Rica • Chile • Ecuador • El Salvador • EE. UU.
Guatemala • Honduras • México • Panamá • Paraguay
Perú • Portugal • Puerto Rico • República Dominicana
Uruguay • Venezuela

Una carta de Mónica

Isabel Freire de Matos

Ilustraciones de Sofía Sáez Matos

ALFAGUARA

INFANTIL Y JUVENIL

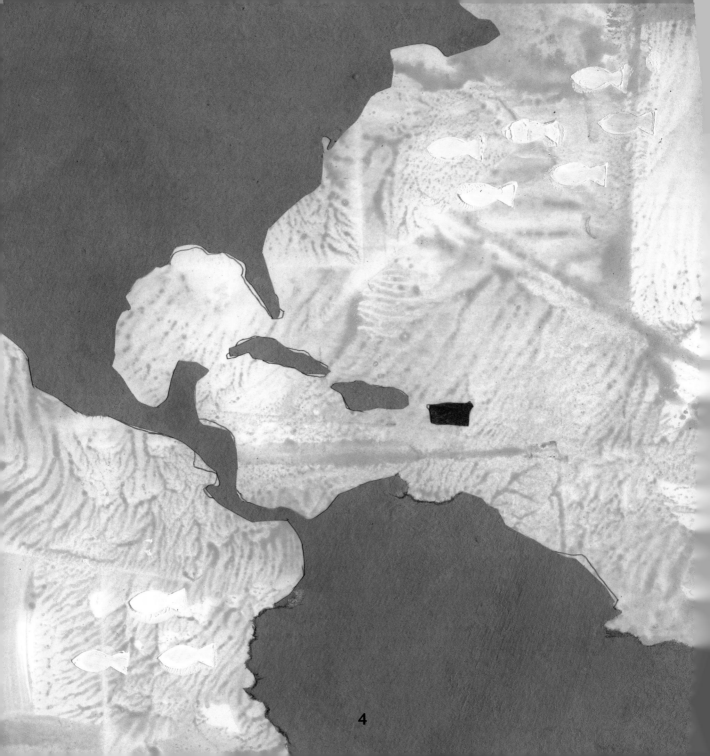

¡Qué alegre está Delke!
Recibió carta de Mónica, una
niña puertorriqueña.
Mónica vive en una isla caribeña.
¿Qué le dirá a Delke en su carta?

Querido Delke:

Recibe saludos de los niños de Puerto Rico.
Gracias por las fotos de animales que nos
enviaste. ¡Hemos aprendido mucho con ellas!
Mi papá trabaja en una tienda de mascotas.
Mi mamá es maestra. Yo estudio en la
escuela donde ella trabaja.

7

A veces ayudo a mi papá en la tienda.
Me encantan los animales.
En la tienda hay pájaros, conejos,
peces, tortugas y perritos de raza.

9

En América, el continente donde vivo,
hay una gran variedad de animales.
En lugar del camello, usamos el caballo,
la llama o el reno.
El puma es "el león de América".

Te envío algunas fotos, para que las compares.

¿Qué te parecen?

Espero que te gusten.

Luego me escribes.

Adiós, Delke.

Mónica

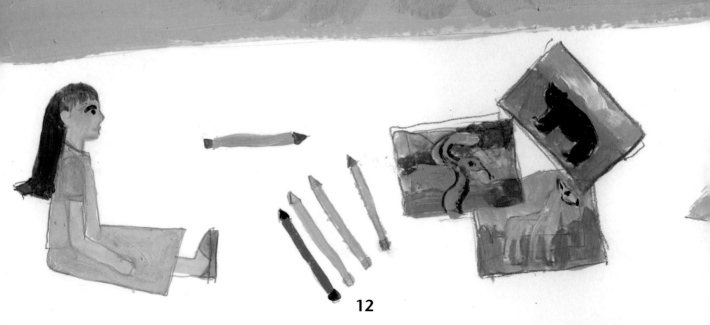

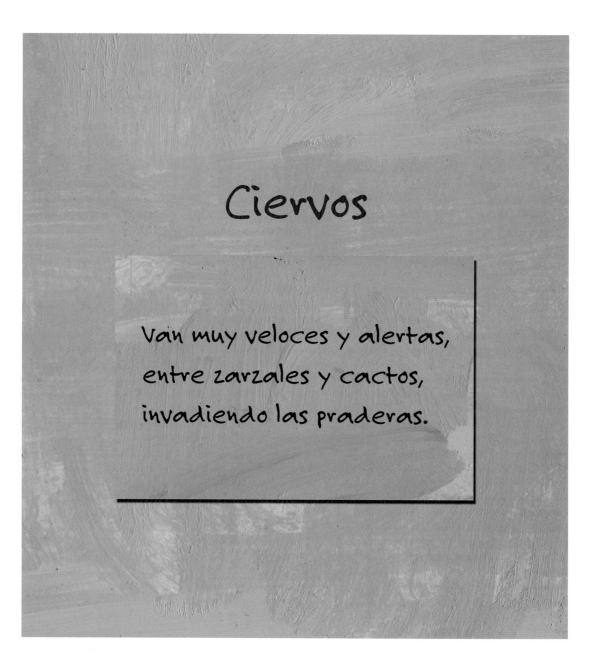

Ciervos

Van muy veloces y alertas,
entre zarzales y cactos,
invadiendo las praderas.

Cocodrilo

A pesar de su coraza
y de su robusta cola,
es muy ágil en el agua.

Llama

En el llano y la montaña,
además de dar su leche,
sirve de animal de carga.

Mariposa monarca

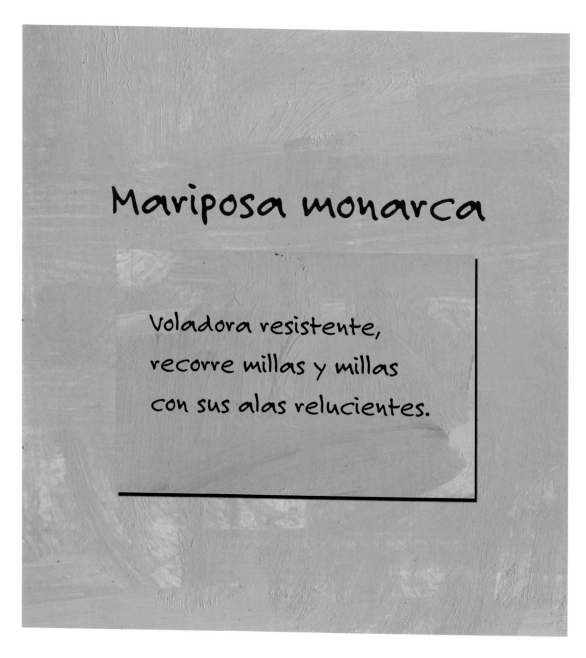

Voladora resistente,
recorre millas y millas
con sus alas relucientes.

Serpiente de cascabel

¿Por qué toca el cascabel
este precioso reptil,
y muda y muda la piel?

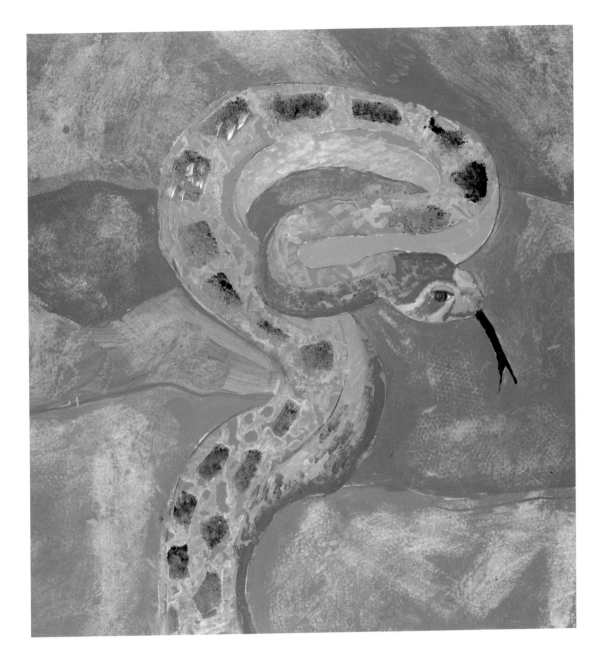

Oso

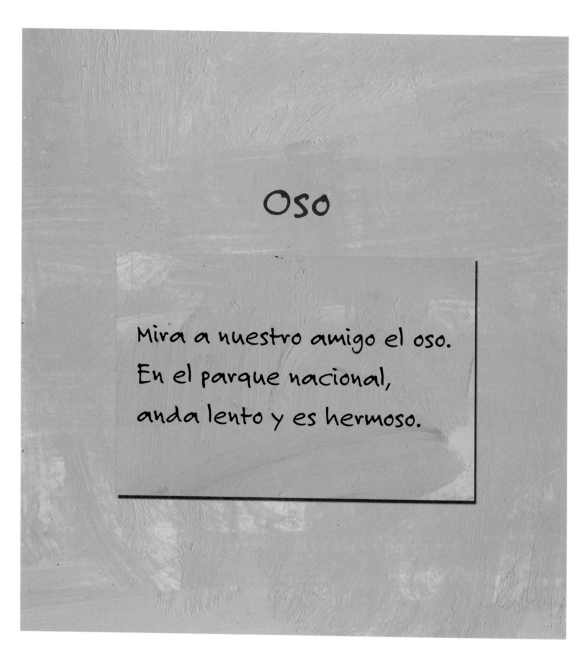

Mira a nuestro amigo el oso.
En el parque nacional,
anda lento y es hermoso.

Quetzal

Es su vistoso plumaje
un símbolo de la historia
que da belleza al paisaje.

Puma

Saltando con gran donaire,
parece el "león de América"
un perfecto saltimbanqui.

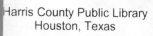

31